ビンの中の小さな物語

渡辺 真人　Masato Watanabe

文芸社

「ビンの中の夢」

ビンに集めた夢、僕はずっと見ていた
一日毎に少しずつふくらんでいく夢
僕は一生懸命ビンを振る
コロコロッと夢は転がった
うれしい僕の夢は生きている
ビンに集めた夢、僕の七色の夢
子供の頃からずっと一緒だった
だけど昨日
ビンは突然割れ
部屋中に夢が飛び散った
僕は悔しさとうれしさの両方の涙を流し
飛び散った夢にそっと手を伸ばしながら
僕は礼を言った
「今まで一緒にいてくれてありがとう」
ビンに集めた夢、僕はずっと見ていた
全ての夢の破片は僕の想い出となり
僕の心の中へ入っていった

ビンの中の小さな物語【目次】

透明な小ビン……………………………………………………………5

サクラの木の下で／強がり／夢のリズム／さまよう心／誰もいない／電話／現実逃避／我慢／鏡に見えた涙／本／晴れ時々くもり／八月の金魚／距離／新世界／もしも・・・／象と少年／永遠の光／時代／指輪／時間の船／最後の電話／数／鏡／最後の言葉／殻／オルゴール／嘘をついた／戻れない想い／四季／恋の花火／両手の雨／黒いカラス／ウイルス／コーヒー／無責任な天使／人の波／夢追い人／夢／カセットテープ／近道／休日／時間の始まり／想い出のカウンター／１３年間／心の色／彼女／好きという事／素敵な／優しさに包まれて／涙

黄色の小ビン ……………………………………………………………57

刺激／僕と彼女／テーブル／ロミオとジュリエット／出会いは映画のように／輝く光の中・・・／デート／好き／新しい目覚まし時計／恋の始まり／月の口づけ／愚痴

青と緑の小ビン …………………………………………………………71

自転車／１０９５日／夏の終わり／夏色の旅／彼女の背中から／夏の部屋／恋の風／かくれんぼ／絵の具／噴水／人魚姫

白い小ビン ………………………………………………………………83

街のメロディー／白い街のまま／何もない街／これから／１２月２４日／走る／時の宮殿／彷徨うピエロ／平等／魔法の息／昨日と違う朝／ありき

たりの言葉／花のある場所／嫉妬／白い優しさ／絵のない絵／砂漠の絵／嫌い／線路の向こう側／ヨーヨー／聖なる街／結婚／雨の降る夜／散歩／私と犬／道

砂色の小ビン ……………………………………………………111

止まったままの時／モノクロと原色／白い部屋／風の吹く都市／シャッター／・・・・・・／傷跡／音のないテレビ／あらすじ／心の信号／人形／幻想の男／生まれてきた理由／孤独／幻を見たくて／カギ／蜃気楼／逃げる者の勲章／月の幻／重さ／針と恋の行方／曜日／頭の中の時計

赤と黒の小ビン ……………………………………………………135

白と黒／ガラスの街／旅路の果て／ガラス／混乱／赤い幻覚・白い幻覚／想い／死神の眠る街／体の中の怪物／蝶になれなかった男／神歌／牢屋／雑音の聞こえる部屋／毒の街／蜘蛛の糸／死神の子守歌／流れる星の光／別れ

透明な小ビン

「サクラの木の下で」

サクラの木を植えたあの時
君とここで出会った
運命というものを信じ始めた僕に
君の明かりが初めて目の中に入った
サクラが咲いたあの時
僕達の恋は本物になり
お互いの心に手を伸ばし誓いの言葉へと変わる
サクラの散ったその時
君は遠い世界へ逝った
サクラの花が僕に降りかかり涙に変えた
サクラの木の下で
僕は遠い君をいつまでも見ていた

「強がり」

ラジオから流れてくる曲を聞きながら
濡れた髪を乾かす
フロアライトの明かりが眩しく
ドライヤーで揺れる髪
ソファーに座りながら
部屋中を見渡し手紙を書き出す
色々な想い出が頭の中を横切り
次第に涙が出てきた
クッションに顔を埋めながら
おもいっきり大声で泣いてしまった

「夢のリズム」

遥か彼方へ連れてってと君は夢の中で言った
僕達は夢の中でしか逢えない
もう二度とあの同じ夢は見れないだろう
限られた時間の中で僕は夢のリズムを合わせ
君と出会う
同じ場所ではなく違う場所で違う君に僕は微笑む
どこか遠くへ連れていく間に僕は君と別れてしまう
そんな夢に僕の切ない気持ちがどんどんつのる
もう短い夢の間の恋じゃなく
君と本当の恋がしたい
実物の君と永遠の時間を過ごしたい

「さまよう心」

ガラスのようにもろく
私たちの過ごした日々が
粉々に崩れていった
鋭い破片は二人の心に突き刺さり
別れという砂嵐が記憶を連れ去り
やがて埋もれていった
さまよう心が痛みを感じ
残る体は言葉を失う
鋭い破片に映る二人の悲しい姿
もう戻れないさまよう心
一瞬は永遠に思えた

「誰もいない」

誰もいない写真を見つめ
好きな人を写す
誰もいない街を見つめ
好きな人と歩く
誰もいない部屋を見つめ
好きな人を想う
誰もいない世界を見つめ
好きな人をつくる
誰もいないそして僕もいない
すべて存在しない
形がない

「電話」

突然鳴るベルの音
顔が見えない君の声
車の音がうるさく
周りの話し声もが聞こえてくる
限られた時間の間で僕達は
面白い話や今日の出来事を話す
顔が見えない分少し不安になる
電話の雑音が僕達を邪魔するかのように鳴っている
テレホォンカードのきれる音
永遠に流れる二人の電話

「現実逃避」

いつも逃げ出していた
いつも目をそむけていた
たどりつくのは限って自分の創った世界
知っている人は誰も居ないそして何も恐くない
僕はこの世で一番偉い
僕はこの世で神的な存在だ

「我慢」

もう一人で我慢しなくていいんだよ
ずっと淋しかったんだよね
手を伸ばしてくれる君に
僕は嘘という言葉を感じなかった
だけど君のやさしい手に僕は
触れる事も出来ず
君の顔を見つめたままだった
どうしたのって顔で君は僕を見ているけど
自分でも解らない
でもずっと淋しかった、ずっと我慢していた
だけど僕は君の所へは逝けなかった
弱い人間なのかも知れない
もしあのまま君の手に触れていたら
淋しくなかったかな

「鏡に見えた涙」

今僕は鏡に映る自分の姿を覗いている
自分に何が足りないか探していた
僕は少なくとも彼女のことを想ったり考えたりしている時
自分が存在しているんだなって思っていた
もう見えない君に僕の姿は映っていないのかな
君の中には僕はもう存在していないのかな
鏡に向かって僕は自分に話しかけていた
今僕に見えるものは
想い出と君の顔と鏡に映る僕自身の涙

「本」

永遠という名の一冊の本
学ぶ事の出来ない多くの物語
全てのものを信じ
全てのものを疑う
理解というパズルを解き
そこにある真実を並べる
大切な事を学び自分を信じる
嘘の紙切れ一枚で自分を評価せず
そこに何があるか考える
一生かかっても答えを見つけるまでは
大人になれない子供のままだ

「晴れ時々くもり」

長い間太陽を見ていると
時々雲が邪魔をして
太陽を隠す
まるで僕達の恋みたいに
見えなくなる時がある
晴れ時々くもり
少し淋しい気持ちになる
雲が邪魔をしているなんて
言い訳かも知れない
本当は自分で目を閉じているのかも・・・
晴れ時々くもり
やがて悲しい雨が降る

「八月の金魚」

都会に慣れ始めた八月の夜
花火の音がセミの眠りの邪魔をする
私は金魚になりたい
狭い金魚鉢であなたとずっと居たいのに
どうしてうまくいかなかったんだろうね
セミの鳴き声が消えた九月の夜
残った花火と想い出が金魚鉢に映る
二匹の金魚のように
ずっとあなたのそばに居たかった

「距離」

横断歩道の手前で
あなたを待つ私
早く私に気づいて
早く私の所へ来て
もう疲れてしまったよ
横断歩道の手前で
あなたを見つめる私
涙が止まらないよ
青信号が赤に変わった時
私の心の中であなたの存在が
消えました

「新世界」

太陽が落ちてくる陸の上
彷徨う旅人夢を見る
夢色探して得る世界に
時間の月現れ
夜空の海に大地を創る
緑の風吹き続き
やがて生まれる小さな
光旅人目覚めるその記憶
黒の世界へ消えていく

「もしも・・・」

もしも今好きな人が
この世から居なくなったら
一体僕はどうなるんだろう
悲しみと恐怖の国へ
迷いこむのだろうか
無口になる数だけ
そんな事を考えてしまう
何故だか自分でもよく解らないまま
もしもという言葉が僕の頭から離れない
もしも今好きな人が
この世から居なくなったら
僕はどうなるのだろう

「象と少年」

砂漠の地平線に月が現れる時
言葉を喋る一頭の青い象が
少年を乗せてやってくる
砂漠一面に真っ赤な大きなジュータン
隣には大きくて奇麗な壺に魔法の水が入っている
その時象は言った
「その魔法の水を飲むと月へ行ける事が出来るよ」
少年は一口魔法の水を飲むと
空にらせん状の階段が現れた
一段一段上がると少年は驚いた顔をして言った
「世界はなんて広いんだろう」
砂漠の地平線に月が現れる時
言葉を喋る一頭の青い象が
少年を乗せてやってくる

「永遠の光」

窓の外の景色に吸い込まれるように
僕は深い眠りにつく
不思議な国への入口
七色の光が僕の体を突き抜ける
体と心が奇麗になった僕は初めて
その国に入れる事が許される
そして僕はまた深い眠りにつく
永遠という言葉を手にした僕に
光が集まってくる

「時代」

時代が変われば
人の姿も変わり
恋も愛も変わっていく
その中に不安が溢れ
そのうち自然な形になり
人が存在している
時代が変われば
人の生活も変わり
時代が時代を変えていき
人は乗れない箱舟をずっと待っている

「指輪」

指輪の跡がきつく残る恋の想い出
激しい感情がどんどん食い込む
私の心・・・返して
見えない指輪は心を縛り
痛いほどどんどん食い込む
崩れそうな私の心
元に戻して
そして、私の心・・・返して

「時間の船」

星は流れている
それに沿って地球は回っている
その地球の中に僕達は居る
僕達は星を見
流れ地球の中に存在し
時間という名の船に乗っている
決して逆らう事の出来ない
時間を背負って流れている
みんな同じように流れ存在している

「最後の電話」

君が最後に言った言葉は正直な気持ちなの
お互い無理して気持ちを押さえていたのかな
正直言うとあんまり驚かなかったよ
きっと気持ちのどこかでその言葉を待っていたかも
知れないね
静かな時間の中で一つの電話から僕達の物語の幕が
閉じようとしている
数分後には僕達の違う新しい物語が待っている
この電話を最後に僕達は一生逢うことはないだろう

「数」

涙の数だけ恋があり
恋する数だけ涙がついてくる
キスする数だけ愛があり
愛する数だけ幸せがやって来る
別れる数だけ傷が増え
別れる数だけ人を失う
そして
想い出だけがずっと残っている

「鏡」

鏡を見ていると
もう一つの向こうの世界に
入りたくてどうしようもない
現在という世界に飽きた僕は
もう一つの向こうの世界で
一からやり直したい
いつもそのことを思っていた
ある日もう一つの向こうの世界の僕が
泣いていた
今の僕と同じように
鏡は真実だけを映していた

「最後の言葉」

彼女と付き合って３年
色々な事があったが思い出せない
本当に好きだったのかもわからないまま
月日が流れていった
彼女とは心がつながらないまま
僕はずっと彼女に微笑んでいた
嘘だった微笑みに僕はずっと言葉を探し
冷めた気持ちに僕は謝り続けた
結局言葉を探した結果
何も言えなかった
自分がみじめに思えた
彼女の最後の言葉が「今までありがとう」なんて
悲しいようなやさしさを感じた

「殻」

本のページをめくったまま
僕は動かぬままずっと呼吸をしていた
何を考えているのか解らず
ずっと本を見つめていた
本の世界に吸い込まれそうになる
今の世界では僕は目立たない存在だ
いつも自分の殻に閉じこもっている
そんな欲望から
僕は本の世界の主人公になろうとしているのかも知れない

透明な小ビン

「オルゴール」

彼から貰ったオルゴール
３日前までは私の一番大切な宝物だった
なぜあんな事になったのか？
私たちはあの一言で全てが終わった

私にプレゼントをくれたあの時の彼の顔
私はすごく好きだった
オルゴールの蓋を開けた時　　　私たちの恋愛が始まり
私は一生懸命ぜんまいを巻いた　　　毎日毎日巻いた
色々な音の彼との想い出

一曲の曲の流れが遅く感じたあの頃に戻りたい

二人で顔を合わせオルゴールを聞いたあの頃に戻りたい
綺麗な音色を鳴らしたオルゴール
もうあの音色は聞けないの？

涙でオルゴールが錆びて　　　彼の顔がだんだん遠くに行ってしまった

オルゴールの蓋を閉めた時

　　　　　　　　　　　　私たちの恋愛という曲が終わった

「嘘をついた」

さりげなく大人のふりして
キスを上手く見せたり
背伸びして子供の自分を無理に捨て
あなたに近づいた嘘の自分
涙だけでは何も解決してくれない
私にだってそれは解っていた
だけどあなたのやさしさが私をより苦しめた
手を伸ばせば届きそうなあなたなのに
なぜ手を伸ばせなかったんだろう
ただ私はあなたに近づきたかっただけ
"恋って不公平"
さりげなく大人のふりして
心の中で泣きじゃくった本当の私
大人になんかなれないよ
嘘をついていてごめんね
そして・・・・・
ありがとう

「戻れない想い」

公園の横にある大きな木
昔の想い出に手をつないだ記憶
そして風の歌が聞こえる
戻れないあの頃に
独りで泣いていた自分
昔見た同じ青空の中で
同じ夢を見ていた自分
帰れない心に迷子の風が教えてくれた
戻れない二人にいつの間にか影は消えていた

「四季」

春　　僕の前に突然現れた君
　　　冬眠から覚めた感じだ

夏　　二人で行った海
　　　君の笑顔がとても眩しく
　　　幸せの太陽が顔を出した8月

秋　　赤がとても似合っていた君
　　　とても綺麗だったけど
　　　枯れ葉のように
　　　僕たちも枯れ始めていた

冬　　冷たい風が横切る
　　　君の笑顔が消えた
　　　もみの木に雪が降り始めていた

　　出会いの春
　　想い出の夏
　　距離の秋
　　そして君の消えた
　　悲しみの冬

　　僕たちが共に過ごした
　　「四季という名のステージ」

「恋の花火」

あなたは想い出以上の男性（ひと）
このセリフを何回言っただろう
強くなんかなれないよ
あなたの色々な影響が
未だに残っているのにずるいよ
私たちの恋は花火みたいに
すぐ終わってしまったってあなたは思っているでしょ
でも私はあなたの色々な色を見れただけで幸せだったよ
なんでこんなにサヨナラを簡単に
言えたんだろうね・・・・私たち

「両手の雨」

雨の日に両手差し出し
沢山の雨をつかんだ
零れ落ちる雫に恋が映る
悲しいね今日の雨は
やめばこの気持ちは変わるかな
最後のキスは今でも覚えている
言葉じゃなくても伝わったあなたの気持ち
泣き出しそうな夜に
もうあなたは側に居ない

恐縮ですが切手を貼ってお出しください

1120004

東京都文京区
後楽 2-23-12

(株) 文芸社

ご愛読者カード係行

書　名					
お買上 書店名	都道 府県		市区 郡		書店
ふりがな お名前				明治 大正 昭和	年生　　歳
ふりがな ご住所	□□□-□□□□				性別 男・女
お電話 番　号	（ブックサービスの際、必要）		ご職業		
お買い求めの動機 1. 書店店頭で見て　　2. 当社の目録を見て　　3. 人にすすめられて 4. 新聞広告、雑誌記事、書評を見て(新聞、雑誌名　　　　　　　　　　　)					
上の質問に 1. と答えられた方の直接的な動機 1. タイトルにひかれた　2. 著者　3. 目次　4. カバーデザイン　5. 帯　6. その他					
ご講読新聞		新聞	ご講読雑誌		

文芸社の本をお買い求めいただきありがとうございます。
この愛読者カードは今後の小社出版の企画およびイベント等の資料として役立たせていただきます。

本書についてのご意見、ご感想をお聞かせ下さい。
① 内容について

....

② カバー、タイトル、編集について

....

今後、出版する上でとりあげてほしいテーマを挙げて下さい。

最近読んでおもしろかった本をお聞かせ下さい。

お客様の研究成果やお考えを出版してみたいというお気持ちはありますか。
ある　　　ない　　　内容・テーマ（　　　　　　　　　　　　　　　　　）

「ある」場合、弊社の担当者から出版のご案内が必要ですか。
　　　　　　　　　　　　希望する　　　希望しない

ご協力ありがとうございました。

〈ブックサービスのご案内〉
当社では、書籍の直接販売を料金着払いの宅急便サービスにて承っております。ご購入希望がございましたら下の欄に書名と冊数をお書きの上ご返送下さい。（送料1回380円）

ご注文書名	冊数	ご注文書名	冊数
	冊		冊
	冊		冊

「黒いカラス」

黒いカラスが月の光を浴び
城の上で鳴いている
魔女が集まる満月
影が映る湖のほとりで
黒いカラスが白いカラスと
恋に落ちる
伝説の恋の始まり
絵に描かれた恋話し
カラス達の力によって目覚めた本当の愛
そして恋の終わりの鐘が鳴る
黒いカラスが月の光を浴び
城の上で恋の歌を歌う

「ウイルス」

かかってこない電話を見つめ
どの位時間が経ったんだろう
頭の中で想像しただけで
なぜか心が苦しく
体中の神経がピリピリして
妙に落ち着かない
一種の病気みたいに
興奮というウイルスがかけ巡る
かかってこない電話を見つめ
首を傾げながら爪を噛んでいる
自分そのものがウイルスみたいだ

「コーヒー」

７時３０分彼が
私のところに来てコーヒーを
飲んでいく
鼻と頬を真っ赤にし
てコーヒーを美味しそうに飲んでる
彼の姿が好きだった
彼のために色々なコーヒーカップを揃え
色々なコーヒーを作った
彼は必ず
「お前の作るコーヒーは最高だな」
幸せだった　　ただそれだけの事が
あれから何日たっただろう　　今日も
温かいコーヒー二杯　　テーブルの上に
用意して彼を待っている
もう戻ってこない彼を私は何故か待っていた
冷めたコーヒーが私達の気持ちのように
どんどん冷たくなっていくのがわかる

「無責任な天使」

そこに行けば何かあるなんて
無責任な天使は言うけど
僕は気にしてないよ
だから自分を責めないで
僕には翼が無いだけだから
そこに行けば何かあるなんて
無責任な天使は言うけど
僕は気にしてないよ
そこには風があるから

「人の波」

人の波に逆らって
歩いた交差点
何も考えていなかった十代
見るもの全てが速く見えた
時が止まればいいのに
まるで呪文のように何度も唱えた日
時間だけが過ぎるのが解った
"今頃になって"という言葉が嫌いだった
信号待ちをしている僕は
人の波を見ながらどんどん僕から
遠ざかっていくように見えた
だから僕は自分から
人の波に逆らって歩いた

「夢追い人」

夢追い人はどんな夢を持っているんだろう
どこへ行ったら夢が叶うんだろう
夢が叶ったら一体どうなってしまうんだろう
夢をあきらめてしまった者は
どこへ行けばいいのだろうか
選ばれた者しか夢を叶える事が出来ないの？
夢って現実に叶うものなの？
現実に叶う事が難しいから
夢自体が夢としてあるんじゃないかな
だから夢に近づこうと人は追っているのかも知れない
１００％叶うもんじゃないけど
人は夢を追っていたいのかな
それを夢追い人と人は言うのかも知れない

「夢」

今日もまた同じ夢を見た
記憶にないけれど
何となくそんな気がする
明日もまた同じ夢を見るのだろう
でも記憶に残らない
夢から覚めるこの瞬間が
とても悔しくて淋しい
そんな気がする・・・・・

「カセットテープ」

今日ひさしぶりに部屋の掃除をした
いらなくなった物を処分し
居心地の良い部屋にしようと思った
棚を掃除していると小さな箱の中に
一本のカセットテープがでてきた
題名も何もないカセットテープ
僕はすぐステレオに入れ聴いた
想い出の曲
僕はずっと一人で聴いていた
部屋の掃除を忘れて

「近道」

地図を広げ
彼女の家を捜した
いつもの道を行けば１５分で着く
近道をすれば何分で着くか
地図を見ながら考えた
噴水から行く道
公園から行く道
橋から行く道
３つの近道を見つけた
どれが一番近いかまた考えた
考えた結果いつもの道を行くことにした
僕にとってそれが一番近いと思った

「休日」

今日は休日何をして過ごそうか
ビデオでも見るか
それとも音楽を聞くか
休日の過ごし方を知らない僕は
何をしていいかわからない
ゴロゴロして考えよう
外へ行って買い物もいいな
車でドライブっていうのもいいけど
どこへ行っていいかわからない
友達はみんな僕のことを優柔不断て言うけど
僕はそれが普通だと思っている
気がつくと外はもう夜だった
これが僕の休日の過ごし方だと思うと
少し淋しい

「時間の始まり」

今日僕と彼女の時間が動き始めた
僕の側に彼女が居ない時
彼女の側に僕が居ない時
それでも時間は流れる
時計の針をいくら追いかけていても
時間は進んでいく
彼女と二人で居る時間の流れが早いのは
気のせいか
時々僕は時計の針を止めてみる

「想い出のカウンター」

カウンターに置かれた一つ一つの
グラスにそれぞれの想いが溢れ出ていた
灰皿の中に入っている灰のように
僕たちのその時の想い出の匂いとなり
みんなの影がしみついているグラスに
楽しい笑い声が映る
ＢＧＭに流れている曲が
体に伝わりよりいっそう僕たちを酔わしてくれた
いくつかのグラスが僕たちの笑い声と共
にカウンターの上にいつまでも残っていた

「１３年間」

女の子を好きになったのは７歳の時
女性を愛したのは二十歳の時
この１３年間で僕は好きという気持ちが
愛に変わり
この１３年間で好みも変わった
もし
１３年前に戻ることが出来たなら
あの時好きになった人の本当の気持ち
の中を知りたい
そうしたらきっと今頃は・・・・・・
僕の好きな人も変わっていただろう

「心の色」

赤色　青色　黄色　緑色
紫色　茶色　オレンジ色　水色
レモン色　黄緑色　黒色　白色
あなたは僕に聞きましたね
あなたの心の色は何色かと
僕には何色をしているか解りません
ピンク色　こげ茶色　灰色　銀色　金色
クリーム色
あなたは僕に聞きましたね
あなたの心の色は何色かと
きっと恋をした時　その色は
僕にも解るはずです

「彼女」

僕が彼女と出会って
多くの物を見
多くの事を学んだ
やさしさという光
悲しみという雨
愛という空
僕が彼女と出会って
これほど一緒にいたいと
思った事はなかった
不思議な彼女だ
悲しみが全てなくなるようだ
このままずっとそばに居てほしい人だ

「好きという事」

好きになると色々な態度が現れる
手を繋ぎたくなる
キスしたくなる
泣いてみたくなる
怒ってみたくなる
冷たくしてみたくなる
好きである以上態度に嘘は現れない
ありのままの自分でいられるのは
あなたの前だけかも知れない

「素敵な」

素敵な花
素敵な言葉
素敵な愛
素敵な恋
素敵な想い出
素敵なあなた
私はあなたに贈る
素敵な人生を

「優しさに包まれて」

ほんの少しの優しさが欲しい
どんな言葉でも優しさに変えてしまう
時間が欲しい
全ての優しさよ
少しの間だけ私を包んで下さい

「涙」

女性は泣く数ほど
素敵な女性になれる
何よりも奇麗な女性の涙は
恋の花を咲かせ
巡り会う人のその香りが届く
誰よりも奇麗な恋をし
誰よりも奇麗な涙を流す
本当の涙は一生に一度だけなのかも知れない

黄色の小ビン

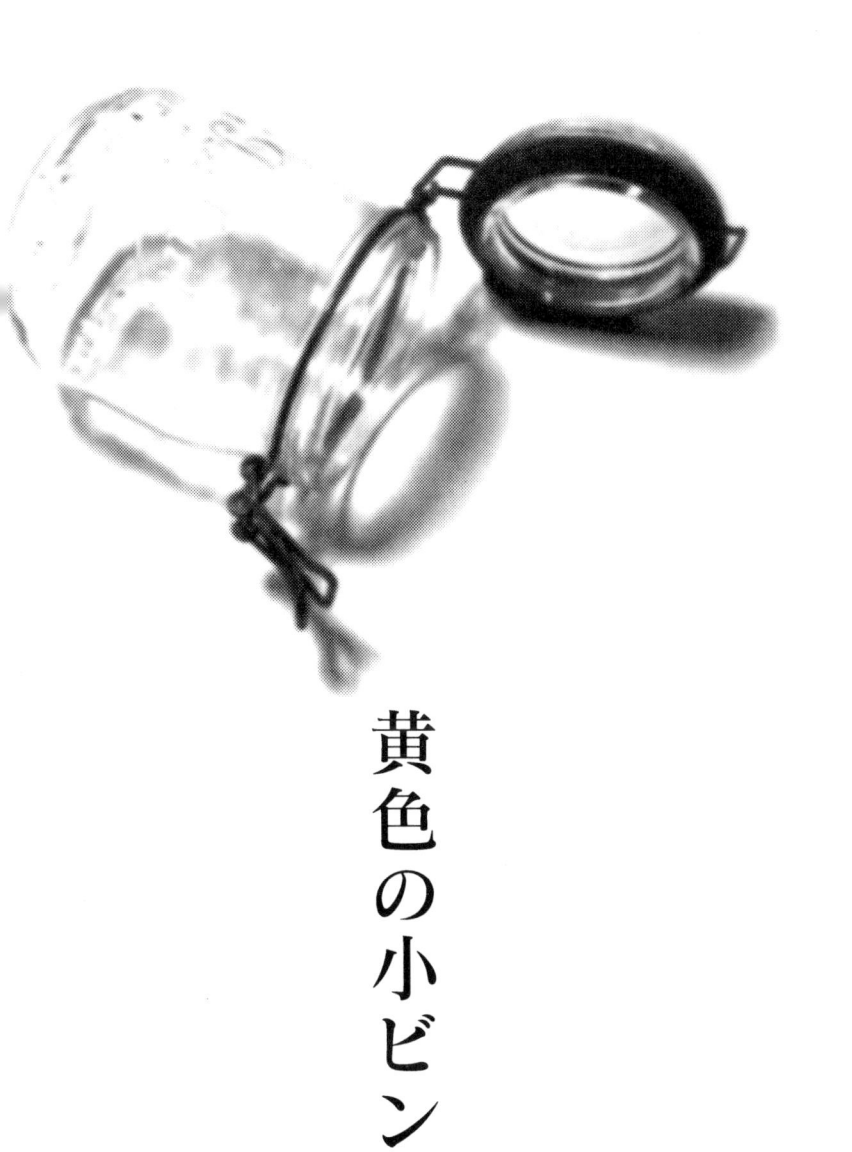

「刺激」

ナイフのような瞳に胸を刺された私
恋の血が流れ体が熱くなった
こんな感じは初めてだった
大人の恋に疲れた私は違う刺激が欲しかった
無理に背伸びをして生きてきた私に見えた世界が
あまりにも現実すぎて嫌だった
別に夢のような恋をしたい訳じゃない
ただありのままの自分とありのままの姿を
好きになったあなたに見せて
本当の恋の道を知りたいの

「僕と彼女」

僕を支えてくれる彼女
彼女の事が好きな僕
僕の声が好きな彼女
彼女の笑顔が好きな僕
僕の大きな手が好きな彼女
彼女の小さな手が好きな僕
手をつないで歩くのが好きな二人
僕の目が好きな彼女
彼女の涙が好きな僕
そして彼女を支えてる僕
二人とも同じ時間に同じことを想っている

「テーブル」

ガラスのテーブルに映る
あなたの顔
照れながらそれを見る私
微笑みながら心の中で会話をし
ガラスのテーブルに映る
あなたの目を見つめ
指でなぞる
あなたへの言葉
"大好き"

「ロミオとジュリエット」

窓際に座っているジュリエット
月明かりの中で僕はロミオになる
見えない花束を手に持って
言葉のラブレターを囁く
運命という名の日に誓った想いが天に届き
流れる星の中で二人の恋が神話となる

「出会いは映画のように」

出会いは映画のように突然始まった
あの日を境に僕は主役になり
子供から大人へと変わる時間の間
愛を知りキスも覚えた
出会いは映画のように
素敵な大人へとなった
耳元で囁く字幕の出ない
I　LOVE　YOU
二人の愛にENDマークはいらない

「輝く光の中・・・」

静まる部屋の中
間接照明の集まる光の場所
眩しく生きた光が漂い
少し君を大人に見せる光と光の間
心が君と光の方へ流れていく
静まる部屋の中
輝く光の中で・・・
君にそっと口づけをする

「デート」

約束の時間まであと３０分
やけに胸がドキドキして
体が震えてきた
頭の中でどこに行こうか迷っている
こんなに緊張したのは初めてだ
３０分間という時間が最も長く感じる
空間に僕はいる
街歩く人たちを目で追いながら僕
は彼女を探していると同時に
頭の中で色々な事を思い浮かべていたら
勇気が出てきた
遠くから歩いて来る彼女に僕は
大きく深呼吸して手を振った

「好き」

恋人の写真を見て
もう一度好きだという
１００回見ても
１００通りの好きという言葉があるように
何回見ても好きだという

「新しい目覚まし時計」

新しい目覚まし時計をもらった
いつも遅刻する僕に
彼女は半分怒っている
でも僕はその顔がとても好きだ
今日は彼女のことを想いながら
一日中ベルを鳴らして過ごそう

「恋の始まり」

僕があなたにここで出会い
あなたが僕にここで出会う
その瞬間から僕達の存在が解りあえる
僕の心があなたへ届き
あなたの心が僕へと届く
その時からもう恋は始まっている
僕達の恋は今ここで息をしている

「月の口づけ」

客のいない映画館
スクリーンの中の彼女に恋をした
夜空輝く奇麗な階段の上で
彼女と時を忘れて踊った日
「月へ行こう」と告白をした
流れ星の雨がポケットいっぱいに
ふくらんで愛に変わった今
スクリーンの中の彼女と二人
月の上で話しをしながら
口づけをした

「愚痴」

あなたって本当の鈍感な人
全然私の気持ちもわからないし
いつでも私の事を見ていてくれないし
服のセンスも悪いし
髪なんかボサボサだし
面倒くさがり屋だし
なんであなたなんか好きになったんだろう
でもこんな事正直に言えるのは本当に
あなただけなんだから
不思議
あなたの笑顔を見てるだけで
全て許してしまう自分
こんな事言って私も別れないんだから
本当はすごく好きなんだなって思う
明日またあなたへの愚痴を言わせてもらうわ

青と緑の小ビン

「自転車」

自転車に乗って
青空を見つめる
白い雲に手を伸ばし
笑顔で「行くよ」と魔法の言葉を唱え
僕は初めて一人で自転車に乗れた

青と緑の小ビン

「１０９５日」

４人で過ごした３年間
色々な想い出があった

花につぼみが出来た日
花が咲いた日
笑った日
泣いた日
晴れた日
雨の日
喧嘩した日
雪の日
クリスマス

４人それぞれの誕生日

もうあの頃には戻れない
４人が一番輝いた３年間

有り難う・・・・・・

「夏の終わり」

白い雲がゆっくり流れ
蝉の鳴き声がどんどん遠くに行ってしまう
海は青い輝きをなくし
人々は夏という言葉を口にしなくなる
プールにゆっくり流れている
浮輪が淋しそうに浮いていて
みんなで写した一枚のスナップが
夏の想い出になった
太陽は少し休みをとり
静かな風が夏を連れ去っていく

「夏色の旅」

夏草が揺れる道の横で僕は独り
雲と競争している
自分がまるで風になったみたいで
子供のようにはしゃいでいる
バスの停留所で赤い帽子を
かぶった一人のおばあさんが
僕の事を見ながら手を振っている
僕は両手を大きく広げながら風になり
空高く舞い上がった
草で作った旅行カバンを手にし
青い空の彼方へ僕の口笛は響き渡った

「彼女の背中から」

窓の隙間から陽が射し込む日曜日
サボテンを眺めながら語る彼女
彼女の背中が眩しく
透き通るほど奇麗に見えた
強く抱きしめ心の温かさを感じる
そよ風が彼女の匂いと想い出を運ぶ
鼻で感じ、心で感じ
唇で感じる
強く抱き寄せ今深い愛を感じている

「夏の部屋」

部屋で観葉植物と一緒に
陽の光を浴びている
涼しい風が僕を包み込み
風鈴の音が僕の心を静めてくれる
溶けたアイスが汗と競走し
雲の流れを目で追っている
膝の上では猫が僕の顔をずっと見ながら
顔を洗っている
こんなひと時がとても幸せに感じる
僕は少し目をつぶりながら
夏を感じていた

「恋の風」

揺れる風に質問された
「恋の風は探せた？」
「まだ探していない」
「見つからないかも知れない」
「大丈夫きっと見つかるよ」
揺れる風に励まされた
「ありがとう」
「きっと見つけるよ」
「その時にもう一度会おう」
僕は眠りからさめ、恋の風を
探しに行った

「かくれんぼ」

僕は空を見つめ百数えた
子供の頃のかくれんぼを思い出す
あの時の僕は今と変わらず
現在(ここ)に居る
他人は変わったって言うけど
昔と今の気持ちはずっと現在(ここ)にある
僕は空を見つめ百数えた
今僕は恋とかくれんぼをしている
好きな人を探すまで僕はずっと
鬼のままで百数えている

「絵の具」

砂漠に光る黄色の月
旅人が青い絵の具を落とし
やがて夜に変わる
風の匂いと砂の音が旅人を導く
旅人は赤い絵の具を取り出し
太陽を作り出す
右手に太陽　左手に月
心の中に地球
旅人はポケットの中から
緑の絵の具を取り出す
やがて
旅人の足跡から
小さな花の芽が咲きだした

「噴水」

僕の街にたった一つ名前のない
噴水がある
そこに集まって来る色々な人達
恋人同士
眠っている人
笑っている人
絵を描いている人
写真を撮っている人
犬と散歩している人
水遊びしている子供たち
噴水の水を浴びて見える
その人達は輝いて生き生きとしている
それはみんなの憩いの場所
この世にたった一つしかない噴水
この名前のない噴水を僕たちは
"魔法の水"と呼んでいる

「人魚姫」

彼女は海がとても似合っていた
潮のせいで汚れた髪の毛
可愛く見せたやさしい太陽の中
彼女はよく
「私は人魚姫になりたかったの」
僕の顔を見ながら言っていた
僕に新しく好きな人が出来た時
何も言わなかった
まるで声を奪われた人魚姫のように
悲しい顔を海に向けながら
ずっと波の音を聞いていた
３年の月日が潮の香りとともに流れ
僕はあの海に足を運ばせた
あの時と何も変わらない海
僕は昔のことを想いながらずっと海を見つめていた
波の音が皮肉にも彼女の声に聞こえた・・・
「ねえねえ、聞いて本当は私、人魚姫になりたかったの」

白い小ビン

「街のメロディー」

らせん状の石の階段
所々に紫の花が石の隙間から顔を出している
息を切らしながら階段を上がる旅人
月が太陽を隠す時
砂時計は止まり
時が止まったみたいに
全ての物の動きが止む
遠くの方から流れてくるメロディー
旅人は街の頂上から祈りを捧げる
雨が降り大きな虹を作り再び太陽が顔を出す
そよ風が街のメロディーを運び
全ての止まってた物が静かに歩きだした

「白い街のまま」

白い街に青い空
白い街に青い海
白い街に赤い花
白い街に赤い太陽
白い街に透き通る恋
白い街に透き通る瞳
幼い少女の素敵な愛
白い街にやさしい風が吹く
白い街にやさしい花が咲く
白い街に悲しい雨が降る
白い街に悲しい日が訪れる
幼い少女の奇麗な涙
決して汚れない
白い街のままで幼い少女は生きている

「何もない街」

星のない街に生まれ願い事の一つもない
太陽のない街に生まれ光というものを知らない
人のいない街に生まれ愛というものが分からない
何もない街に生まれ僕がいる
もし願いが叶うなら何を願う
もし光があれば僕を照らしてくれる
もし愛というものが分かれば誰を愛する
もし世界が変われば
僕はもう一度ここに生まれてこれるの

「これから」

あなたの体に流れる私の想い
太陽よりも熱く
青空よりも美しく
雲のようにゆっくり流れる私たち
時間の風に少し逆らって
終わらない旅に出よう

「１２月２４日」

１２月２４日、この日初めて彼女と出会った
とても寒い夜に僕と彼女は同じ場所にいた
何時間たったかわからない
ただ僕は彼女を見つめていた
白く透き通る息が空に昇っていく
彼女はうつむいたまま手を擦っている
０時の鐘とともに僕は MERRY CHRISTMAS と囁いた
彼女が初めて微笑んでくれた
来年のCHRISTMAS EVEは彼女と二人で過ごす
そう約束をした

「走る」

　１８歳の時の僕は
夢に向かって真っ直ぐ走っていた
若さとやる気というエネルギーがあったせいか
全力疾走で走っていた
あの頃は何も恐いものはなかった
ただ時間と一緒に僕は走っていた
気がついた頃には
僕は冷たい社会にただ独り立っていた
結局夢には追いつけないまま
社会の波に流されていった
あの頃みたいにまた夢に向かって走りたい
もう一度力一杯走ってみたい

「時の宮殿」

太陽の階段
上るにつれて
昔の記憶を想い出す
あなたは夢の語りべ
私に教えてくれた夢
今でもあなたの声を覚えている
そして私は扉を開いた
ここは時の宮殿
全ての時がここで夢を待っている

「彷徨うピエロ」

社会の規則に縛られ
つまはじきにされたピエロは
夢と現実の狭間を彷徨う
もがき、苦しみ、泣き叫び
自分自身の楽園を探し当て
甘えた子供みたいに自分の
やりたい事だけをし
上手くいかない時はすぐ世の中のせいにして
汚れた涙を流す
社会から逃げ
自分からも逃げ
それでも本当に楽園があるとしたら
それは楽園とは呼ばないかも知れない

「平等」

自分をどうして男と言えるのか
自分をどうして女と言えるのか
何をしに男として生まれてきたのか
何をしに女として生まれてきたのか
男として生まれて良かったのか
女として生まれて良かったのか
男が女を愛し
女が男を愛す
本当に自分は男なのか
本当に自分は女なのか
ただ一つ言える事は
男でも女でもない一人の人間として
みんなと同じ現在を生きて
すべてが平等でありたい
差別というくだらない言葉を捨て
もう一度自分の姿を見つめ直してみたい

「魔法の息」

冬になるとなぜか心が淋しくなる
人恋しい季節なのか
僕は手を擦りながら息を吹きかける
子供の頃からずっと信じていた
魔法の息を今も時々やってみる
なぜか不思議な位暖かく
懐かしい時の流れを感じる
昔、お父さんに初めておもちゃを買ってもらった
喜びみたいにうれしいという気持ちが僕を包み
白い息が空に昇る
そこから小さな雪が舞い降り
僕の手の平に止まった

「昨日と違う朝」

午前7時に流れてくるラジオの音
彼の手がコーヒーよりも熱く感じる朝
白いシーツの大波が私の気持ちを
乗せて彼へと伝わる
青い空に太陽があるように
私の側には彼が居る
彼の大きな背中に指で「好き」と書き
寝返りうつ彼の顔にキスをする
彼の腕枕で私は
ずっとこのままでいてほしいと願っていた

白い小ビン

「ありきたりの言葉」

長い間君を待っていて
僕は少し臆病になっていた
君の存在が僕を変え
君の存在で僕の運命が変わった
「もっと早く出会っていたら」
なんてありきたりのセリフは言わないよ
こうしてすぐ側に居るのだから

「花のある場所」

暗い道を歩いている
かすかな花の匂いをたどりながら歩いている
そこに何があるか解らない
ただその花が何か
何のために咲いているのか
この目で見てみたい
でもそこにたどり着くまで
淋しい山を登り
不安の川を渡り
涙の橋を通らなければならない
少しでも弱気を見せたら
山は崩れ
川は荒れ狂い
橋は消えてなくなる

人間一度誰もが必ず通るみち
そこで人間の強さと弱さを知る
もし
無事に花のある場所にたどり着いた時
それは人間のやさしさを教えてくれるはず

「嫉妬」

彼女と付き合って自分が段々嫌な男になっていくのが判った
ちょっとした嫉妬から感情のコントロールが出来なくなったり
視界から消えた彼女に
不安という血液が身体中に流れたり
考えたくない事ばかりが頭の中を走る
体の中の細胞がじょじょに嫌な男に作り上げていく
心の中で僕はつぶやく
そして心の中で彼女の名前を囁く
それが僕にとって安心という薬になる

「白い優しさ」

今日天使の羽根が降った
昨日の嫌な出来事を全て
真っ白にしてくれる
そんなやさしさを感じた
手に取ると冷たく感じるのに
なぜか暖かかった
白い木、白い道、白い空、白い息
見るもの全てが真っ白で光輝いて
涙が出てきそうだった
明日も天使の羽根がふるかな？

「絵のない絵」

窓のない部屋で僕は
爪をかじりながら
絵のない絵を見ていた
上手く涙を流せない自分が次第に
絵のない絵のように
感情がなくなっていくのが解かった
窓のない部屋で
小さな電球が月のように見えた
あの時から
僕の目に映るもの全てがモノクロになり
時間が消えた
窓のない部屋で僕は
絵のない絵に生命を吹き込み
やがてそこから小さな光が見えはじめた

「砂漠の絵」

乾いた砂漠に出る月は
涼しげな夜空を青くする
蜃気楼の中にある
街のざわめきが歌に変わり
流れ星の雨が降る
神話という名の風に
揺れる恋の気持ちが
男の色と女の色を表わす
乾いた砂漠に出る太陽は
人の心に色をつける
楽園の中にある一つの出会いがそう語る
偽りの日の中に咲く花の記憶
消えてなくなる夢の話
砂の風に人の心が埋もれやがて水が湧く
乾いた砂漠の遠い物語に人は夢の絵を描く

「嫌い」

僕はここ数年自分自身が嫌いだった
何もかも全てが嫌でたまらなく
頭を抱えていた
鏡で自分の顔をのぞきこむと
そこに悪魔のような顔をした
自分が映っていた
何度もテレビのブラウン管の中の
ノイズと何もない映像だけを見続けた
暗い部屋の中で幻覚という恐怖を味わい
その度にあらゆる物を壊してきた
だけど最近そんな自分がだんだん好きになってきた

「線路の向こう側」

太陽の暑さで頭がボーッとする
何でこんなに苦しいのに
僕は歩いているのだろう
線路の向こう側には
一体何があるんだろうか
それをたしかめるために
僕は歩いているのだろうか
親の反対を押し切って
僕は飛び出した
自由という線路に多くの夢を持って
長くどこまでも続く線路を
僕は歩き続ける
線路の向こう側には
一体何があるのか
今の僕にはまだわからない

「ヨーヨー」

僕が一番、子供の頃夢中になったヨーヨー
友達と一生懸命遊んだあの頃
僕はヒーローになりたかった
犬の散歩、ブランコ、観覧車
色々な技をみんなで競い合った
あの時のみんなと僕の笑顔
今でも覚えている
僕が一番、子供の頃夢中になったヨーヨー
友達と一生懸命遊んだあの頃
僕はヒーローになりたかった
みんなの憧れのヒーローになりたかった

「聖なる街」

人影のない街
二人で時間を止めてみよう
聖なる街を二人で作ろう
ここで第二のキリストが生まれるんだ
何もかも自由で
全てが奇麗なままで
僕たちも一からやり直すんだ
だから
二人で時間を止めてみよう
聖なる街を二人で作ろう
僕と君はいつまでも夢見人
一羽の鳥が空を飛んでいく

「結婚」

空から落ちて来た一冊の本
何も書いていない白紙のページ
その本に
運命の二人が題をつけ
1ページ1ページにこれからの
想い出を書いていく
うれしい事　悲しい事　楽しい事
そんな想い出を書き
空から舞い降りて来る子供にその本を見せ
一緒にページを開いていく
ほんの小さな力でも
二人を助けてくれる
そう想う気持ちを決して忘れてはいけない
いつもそばで微笑んでくれている人がいる限り
永遠に本のページは流れていく

「雨の降る夜」

ポツポツと鳴る雨の音が
この街に静かに響きわたる
家の煙突から白い煙が上がり
楽しい話し声が夜空に聞こえ
月がニコリと笑う
皆は知らないと思うが
寝ている間に何百万という数の天使が
この街に遊びに来ているのを
子供たちはその天使を一目見るために
よふかしをして窓を覗いている
天使は子供たちに夢をあたえ
子供たちは天使に愛を送る
またいつか雨の降る夜
天使がこの街にやって来る
そして子供たちはいつの日か大人へと育っていき
自分の息子にその天使の話をする
「雨の降る夜外を覗いてごらん」
きっと見える何百万という数の天使を

「散歩」

今日何も考えず外へ散歩に出た
行く場所も解らない
とにかく歩いた
気がつくと町中に立っている
色々な人が僕の横を通り過ぎるとともに
恋人同士の会話、子供の泣き声、車の音
全てが僕の耳の中に入ってくる
それがやがて奇麗なメロディーになって
静かに消えていく
昔の想い出も一緒に・・・・
帰り道遠回りして帰った
目の前に白い家がある
別れた彼女の家だ
僕は小石をコロンと蹴って歩きだした

「私と犬」

恋人がいなくて落ち込んだ部屋の中
一匹の犬が見つめる
恋人ができたクリスマス・イブ
一匹の犬が微笑む
恋人と喧嘩した部屋の中
一匹の犬が悲しむ
恋人と別れた・・・・夜
一匹の犬も泣いた

「道」

いつも通るこの道
僕はこの道が好きだ
お気に入りの曲を聴きながら
この道を歩くと別の世界に居るみたいで
心が落ち着く
一人で歩いていても
二人で歩いていても
ただの道なのに
僕にとっては宝物だ
何十年たっても僕は
この道を通り続ける
この道がある限り

砂色の小ビン

「止まったままの時」

僕はずっと止まったまま
独り時間を歩いていた
苦しみの涙も何度か流した
心の中に何回も雨が降り
ずぶ濡れの心が映るものを濁らせていた
止まった時の中で僕は歩くのをやめ
自ら作った檻の中で鍵を掛け
人を好きになるという時間を捨てた
僕の時はずっと止まったまま
独り檻の中で小さな夢を見ていた

「モノクロと原色」

モノクロの世界に
原色の二羽の鳩が飛ぶ
色を無くした私に見える歪んだ感情
モノクロの世界に
原色のピエロが笑う
色を無くした私をあざ笑う
目を閉じ想像する
色・感情・私自身
目を開け見える世界
色を無くした私がモノクロの世界で
目を閉じ立っている

「白い部屋」

扉のない白い部屋
何もない四角い空間の中で
いつも同じように座っている
食欲もなく
考えることが無駄で
限られた空気を吸い
ずっとこうしている
時間というものを知らず
自分が誰だか解らないまま
生きている
質問しようとしても言葉がわからず
きっと誰も答えてはくれない
ここは形のない地獄
このままずっと独り白い部屋の中で
同じことをしている

「風の吹く都市」

都市、ビルばかりが並び
押し寄せる人々の波
自然はなくなり
全てコンクリートとなった
ここに吹く風は偽物
どんなに強く吹こうが
本物にはなれない
この都市に住む子供たちは
本物の風を知らない
草も、木も、花も
本物の風を知らない
それに気がついてない都市の人々
今日も偽物の風が都市の中を駆け巡る

「シャッター」

灰色の世界が目の中に入って
頭の中に伝わる
見るもの全てに頭を押さえ
記憶というシャッターを切る
今まで嫌なものばかり見てきた
その度に記憶というシャッターが
灰色だけを写してきた
頭の中にはシャッターを切る音だけが
いつまでも聞こえていた

砂色の小ビン

「・・・・・・」

何一つ何もない
何もかも全て嫌で
違う自分になりたい
違う所で何かを探したい
今の自分を捨てたい
いっそのこと遠い世界へ行きたい
誰もが知らない世界へ

「傷跡」

傷跡から悲しい涙が流れる
傷跡なぞって過去を振り返る
傷跡開いて誰かに助けを求める
叫んで泣いて痛めつけ
孤独のかさぶたが私を縛りつける
傷跡から淋しい自分が出てくる
そして私は
傷跡をずっと見つめている

「音のないテレビ」

何となくテレビのスイッチをつける
音のない映像が僕の頭に突き刺さり
ものすごい頭痛に耐えられなくなる
いくらボリュームを上げても
音は僕の耳には入ってこない
むしろ何も聞こえないせいで
孤独感が増してくる
僕は孤独感の解放からテレビを壊す
そしてまた明日
僕はテレビのスイッチをつける

「あらすじ」

僕がここに生まれてきたのは
彼女に出会うため
彼女がここに生まれてきたのも
僕に出会うため
僕たちは運命に従うまま
物語のあらすじどおりに事を
運ばないといけない
マニアルどうりの生き方しか
僕たちは出来ないんだ
それは二人とも解っている
運命なんて神が決めた
物語のあらすじなんてない

「心の信号」

いつも誰かに恋をしていた
いつも心の信号が赤で
ずっと遠くを見つめ待っていた
待つ時間と考える時間が長く
いつまで経っても心の信号は赤のままだった
気がついた頃には誰も居なくて
辺りを見回すけど何も変わらない
自分がそこに居た
信号無視をする勇気もなく
ただひたすら青になるのを待っていた
恋するたびに僕はずっと信号の前で待っていた

「人形」

私は誰なのか？
昔の私を誰も知らない
忘れられている自分が恐い
私は誰なの？
見えない自分が恐い
愛なんてものも感じないし
楽しいなんてものも感じた事がないし
まして悲しいなんて事も感じた時もない
何も感じないままずっとここに居た
周りの景色は白と黒で覆われ
奇麗な色というものを見た事はない
盲目という世界に色なんて存在しない
私は誰なのか
動く力もなければ話す力もないまま
昔の私の事を誰も教えてはくれない

「幻想の男」

僕は何も出来ない男
いつも幻想を抱いていた
冷たい檻の中で
僕はおとぎの国に住んでいる気分だった
社会の作った規則に従って生きてきたけど
妄想というカギが
僕の事をずっと閉じ込めていた
だけど苦しいなんて思った事は一度もない
むしろうれしかった
だっていつも
幻想を抱いていられるから

「生まれてきた理由」

一体何の為僕は生まれて来たんだろうか？
人を幸せにする為それとも人を楽しくさせる為？
この世の中に僕を必要としている人がいるの？
本当に良かったんだろうか？
何も取り柄のない僕がこの世界にいる
社会の端で座っている僕に
飛べる日は来るのだろうか？
僕は何の為に生まれて来たんだろうか？
理由を知りたい

「孤独」

鎖に繋がれた私の事を
多くの鳥たちは見て見ぬふりして
遠くへ飛んでいった
他人という言葉がくだらなく嫌いだった
朝になっても夜になっても誰も来てくれず
私は冷たい鎖に心までも繋がれたまま
孤独という言葉が次第に気持ち良く感じた
やがて
孤独という言葉が好きになり
孤独という言葉が太陽になり
孤独という言葉が世界になり
孤独という言葉に呑まれていった

「幻を見たくて」

幻を見たくてここに来たけれど
あるのは欲の砂漠だけ
道標も何もない何も見えない
一歩踏み入れれば全ての人は
みんな悪に足を捕られる
幻を見たくてここに来たけれど
あるのは欲の砂漠に無数の人が
砂漠に呑まれている光景
これが幻なのか？
それとも現実なのか？

「カギ」

心にカギをかけて１０年
長い年月が流れた
僕は決して臆病ではない
ただ恋愛という物語に疲れただけだ
今まで何度か心のカギを開けようと
してくれた女性（ひと）もいた
だけど僕は拒否してきた
できれば僕も心のカギをはずしてほしいと思う時がある
でも僕の心のカギはもう錆て決してはずれない
自分でも解かる
僕は恋愛という物語から逃げだした弱い人間だ
逃げる者に恋愛をする資格はない
僕はただ綺麗事を言いたかっただけなんだ
僕はつまらない人間だ

「蜃気楼」

暑い・・・
とても暑い・・・気が狂いそうだ
一体どの位歩いたんだろう
何も見えない
砂が口の中に入ってくる
嫌だ頭にくる
足が千切れそうで身体が重い
助けてくれ！
太陽が見てる
僕の無様な姿を喜んでいるかのように
だんだん視線が合わなくなっていくのがわかる
僕はこのまま死ぬんだろうか？
助けてくれ！
あっ街が見える
助かったあそこに行けば・・・
暖かい・・・砂が気持ちよくて眠い・・・

「逃げる者の勲章」

今　目を見開いて
世の中を見ているか？
それとも
目を閉じて夢を見ているのか？
現実から逃げようと
みんなは目を閉じるが
だけどそんなことをしても
何も変わらなければ
何も生まれてさえこない
臆病者という勲章を貰うだけだ
目を開いていても閉じていても
どちらにせよ
君のいる世界に変わりはないんだ

「月の幻」

目の奥に見えるあの幻
月の光によって導く
魔女の魔法にかけられた悲しい旅人は
自由を失う
石の町が空から顔を出す時
太陽は月に変わる
黒の世界が全てを飲み込み
旅人は目を失う
目の奥に見えるあの幻
旅人はセピア色の涙を流す

「重さ」

僕は一体どれだけ彼女を
信じているのだろう？
愛を計ったら一体
どれ位になるんだろう？
時々ふと思う時がある
一本の長い直線の道が
見えなくなる瞬間がある
突然
雨が降り
びしょぬれで泣いている自分が見える
解らない
彼女に対する想いがだんだん薄れていく
愛に重さなんてあるのだろうか？

「針と恋の行方」

時計の針がない
数字だけじゃ解らない
誰か恋の仕方を教えて
時間も恋もどこか遠くへ
行ってしまった気がするよ
一定のリズムの音が頭の中で聞こえて
無くなった針が私の心臓に突き刺さる
誰か恋の仕方を教えて
時計の針がない
私の恋もない
誰か私の恋を見つけて

「曜日」

日曜日　　運命の出会いと感じたあなたの横顔
　　　　　私の中で時間が止まった

月曜日　　あなたの事を考えて待つ私
　　　　　時間がいじわるをして長く感じた

火曜日　　雨が降る照れた顔を傘でかくして
　　　　　あなたを見つめる

水曜日　　告白を決心した十代最後の勇気
　　　　　太陽が私の味方についてくれた

木曜日　　何も言えず言葉を置き忘れてきた
　　　　　スローモーションの世界で
　　　　　私だけが早送りになっていた

金曜日　　「駄目な私」と呪文のように唱えた一日
　　　　　不安の夜を心で初めて感じた

土曜日　　どこにも居ないあなたを待つ時間の中
　　　　　「好き」という言葉が涙で流れていった

　　私はここであなたに「好き」と言いたかった

「頭の中の時計」

頭の中に時計が入っているみたいで
時間という怪物がコツコツと音をたてながら
僕の体の中を駆け巡る
外の時間と違って
僕の頭の中の時間は数倍も早く回っている
そのせいか気持ちが年をとっているかのように感じる
精神的な疲れなのかも知れない
少し時間を忘れて
眠っていたい

赤と黒の小ビン

「白と黒」

名のないピエロが
モノクロの世界を歩いている
太陽も空も雲も全て
モノクロでノイズ混じりの風の音が
静かに流れる
いつから歩いているだろう
同じ風景ばかりが目の裏に焼きついて
時間だけがコツコツと過ぎていく
言葉もいらない
夢もいらない
希望もいらない
何もいらない
ただ愛がほしい
ただ愛されたい
ピエロの目から赤い涙が一粒
この世界には愛がない
全てがモノクロの現実

「ガラスの街」

遊び疲れた翼の折れた女子高生
鏡に映る傷口舐め回し
血液に混じる毒を吐き捨て
夜の巣へ出ていく
ガラスの街の私　遠い夢
錯覚の時間に見える私の翼
元に戻らない心拾い集め傷を増やす
ガラスに映る自分
ポーズを決め華麗な少女を演じ
翼を広げる

「旅路の果て」

人は何を望んでいるのか
何もないこの世界で人は何を手にするのか
毒の花の香りを人は欲望と呼ぶ
旅路の果てで人は何を見たのか
そして何を手にしたのか
神の掟に逆らい人は毒の花と化す

「ガラス」

もし今の自分が
本当の自分じゃないと解った時
ガラスが割れたように
コナゴナになるような気がする

そのもろさが本当の自分の姿だと思う

一度割れたガラスは
もう二度ともどらない
それは心と一緒
もろくそして傷つきやすく
触る事も許されない

もしそのガラスに手を触れた時

"傷"という名の血が流れる

「混乱」

今、頭の中が混乱している
爆発しそうな感じだ
頭の中で言葉を探している
でも見つからない
迷路に入っている人形みたいだ
迷い続けて一生懸命
出口を探している
周りは白に塗りつくされ
上を見ると赤い風船がいっぱい
飛んでいる
その内の何個かはわれて落ちていく
まだ頭の中が混乱している
また一つ赤い風船がわれた・・・

「赤い幻覚・白い幻覚」

赤い幻覚に白い扉
開ける自分自身に波が襲いかかる
赤い幻覚に白い扉
歯のない人形が手を振る月の船
赤い幻覚に白い扉
光を忘れた太陽が消えてのまれていく
赤い幻覚に白い扉
僕の五感を支配する

「想い」

淋しい秋が訪れる
悲しい冬が待っている
僕は空を見上げながら
赤い風船を飛ばした
遠い君に見えるように

「死神の眠る街」

汚れた風が吹き
汚れた空気が空を舞う
悪魔の歌が聞こえて
心臓が崩れていく
赤い血さえ流れてこない今
人間としての感情が消えてなくなる
地下室へ行く扉さえ閉まって
死神がドアを叩く
灰色の空が襲ってきて
人間が狂う
愛という言葉は消え去り
男は男でなくなり
女は女でなくなる
死神は人間を見つめ
やがて
不気味な笑顔を見せはじめた

「体の中の怪物」

僕の体の中に一人の怪物が住んでいる
時々僕の心の中にそいつが話しかけてくる
２３年間生きてきてそいつの正体が今だ解らない
気分がすぐれない時そいつが僕の体内から
飛び出してきそうで怖くなる時がある
僕はふと思う
僕の体内からそいつが本当に飛び出してきたら
きっと僕はぬけがらみたいに醜い姿で倒れていると
僕には解る
そいつは現にだんだん成長してきてる
時間の問題だ
正体不明の怪物に僕は食べられてしまう
毎日脅えながら
僕はエサになる・・・・・・

「蝶になれなかった男」

僕は蝶になりたかった
奇麗な蝶になりたかった
大空を駆け巡りたかった
花の蜜がどんな味か知りたかった
だけど
僕は蝶になれなかった哀れな男だ
みんな僕を嫌った
指を指しながら僕の事を笑っていた
しょせん僕は夜がお似合いだ
汚い場所で明かりを求めながら
飛び回っている

　　蝶になりたい・・・・・・

「神歌」

神は俺を創った
神は俺を創った
そして後悔した
なぜ俺はここにいる
なぜ俺はここに来た
理由を教えてくれ
俺はどうすればいい
神は後悔した
そして・・・俺は神を恨んだ

「牢屋」

今　牢屋の中にいる
失恋という牢屋の中に
中は真っ暗で光がない
一人ぼっちで淋しい
外で足音や話し声は聞こえるが
誰も恋という鍵を開けてくれない
どの位待つだろう
いつ光が見えるだろう
自分でも分からない位
不安で暗くて寒い
震える心（からだ）を抱き抱えながら
今日も牢屋の鍵を見つめている

「雑音の聞こえる部屋」

僕は今　何も考えずベッドで横になっている
外がうるさい
カーテンで外の様子が見えない
音だけが耳の中に入ってくる
音はやがて鼓膜の奥に届き脳に伝わる
一種の麻薬みたいに僕の身体を快楽の世界へと導いた
外の音と心臓の音のリズムがあう
血液の流れるスピードが増してくる
目の奥には何が見えるのか？
耳の奥には何が聞こえるのか？
僕は今何も思わず目を見開いている
ピクリと動かぬ身体を重力にまかせ音を聞いている
もう少しボリュームを下げてくれ・・・・・・

「毒の街」

毒の街　全てのものを破壊し
全ての人の感情を狂わす
灰色の空
輝きを忘れた太陽
壁に半分埋まっている女の子
汚れた空気が肺を溶かす
黒い涙が黒い花を咲かし
枯れた花が終わりを告げる
ここは毒の街
死んだ魂がさまよう

「蜘蛛の糸」

目が覚めると
体中に蜘蛛の糸が張ってあり
身動きが出来ない状態だ
もがけばもがくほど蜘蛛の糸は
体に食い込み
赤い血がベッドに流れ出す
蜘蛛は笑って僕の事を見ている
口から僕の体めがけて糸を吹く
その姿は美しく汚れて見えた
まるで僕の心の中のように
蜘蛛は今も僕の事を見て笑っている

「死神の子守歌」

黒の自分
白の自分
黒の世界
白の世界
飛べる翼
飛べない翼
笑う死神
泣く神
遠くから聞こえてくる子守歌
耳を失う人たち
やがて
死神に包まれていく

「流れる星の光」

凍えそうな体を抱き寄せて
二人で見た星は
まだ僕たちを照らしている
一体どれだけの人が『さようなら』
という五文字で涙を流すだろう
僕は願いをした
もっと流れ星の速度が遅ければ
きっと僕たちは助かったのに
流れる涙と流れる星が
僕たちの距離を遠ざけた

何億万年の光が僕たちの終わりを告げた

「別れ」

さようならを告げた月の下で
僕たちはお互いの距離を計った
窓から見える時計を見て見ぬふりをしながら
僕はずっとだまっていた
煙草の煙りが夜の空の雲になり
涙という雨を降らした
僕たちには恋という傘がなくなった今
ずぶぬれのままたえなくてはならない
さようならを告げた月の下で
僕たちの影は永遠に残っていた

著者プロフィール
渡辺真人（わたなべ　まさと）
昭和47年東京都生まれ。
君たちと同じに、喜び、悲しみ、悩み、苦しんだ僕です。

ビンの中の小さな物語

2000年11月1日　　　初版第1刷発行

著　者	渡辺　真人	
発行者	瓜谷　綱延	
発行所	株式会社文芸社	
	〒112-0004　東京都文京区後楽2-23-12	
	電話　　03-3814-1177（代表）	
	03-3814-2455（営業）	
	振替　　00190-8-728265	
印刷所	株式会社エーヴィスシステムズ	

乱丁・落丁本はお取り替えします。
ISBN4-8355-0761-4　C0092
© Masato Watanabe 2000 Printed in Japan